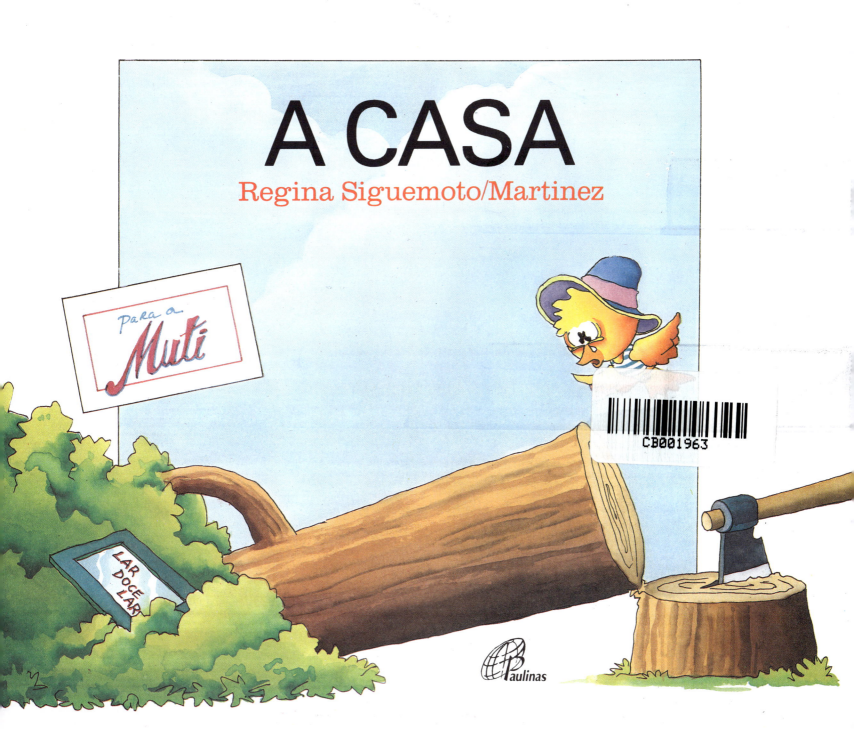

A CASA

Regina Siguemoto/Martinez

Dados Internacionais de Catalogação na Publicação (CIP)
(Câmara Brasileira do Livro, SP, Brasil)

Siguemoto, Regina
   A casa / Regina Siguemoto ; ilustrado por Martinez. – 8. ed. – São Paulo :
Paulinas, 2012. – (Coleção uni, duni, tê)

   ISBN 978-85-356-3223-1

   1. Literatura infantojuvenil   2. Livros ilustrados para crianças   I. Martinez.
II. Título.   III. Série.

12-06727   CDD-741.642

Índice para catálogo sistemático:

1. Crianças : Livros ilustrados   741.642
2. Livros infantis ilustrados   741.642

Conselho Editorial
Natália Maccari
Adriana Zuchetto
Maria Belém
Neri Emílio Stein

Capa e ilustrações
Martinez

Editor de arte
Célio Ysayama

Revisado conforme a nova ortografia.

8ª edição - 2012
2ª reimpressão - 2019

Nenhuma parte desta obra poderá ser reproduzida ou transmitida porqualqu forma e/ou
quaisquer meios (eletrônico ou mecânico ,incluindo fotocópia e gravação) ou arquivada em
qualquer sistema oubanco de dados sem permissão escrita da Editora. Direitos reservados.

Paulinas
Rua Dona Inácia Uchoa, 62
04110-020 – São Paulo – SP (Brasil)
Tel.: (11) 2125-3500
http://www.paulinas.com.br – editora@paulinas.com.br
Telemarketing e SAC: 0800-7010081

© Pia Sociedade Filhas de São Paulo – São Paulo, 1989